KB099690

나무

나무

발행일	2021년 3월 10일

지은이	이남우		
펴낸이	손형국		
펴낸곳	(주)북랩		
편집인	선일영	편집	정두철, 윤성아, 배진용, 김현아, 이예지
디자인	이현수, 한수희, 김민하, 김윤주, 허지혜	제작	박기성, 황동현, 구성우, 권태련
마케팅	김회란, 박진관		
출판등록	2004. 12. 1(제2012-000051호)		
주소	서울특별시 금천구 가산디지털 1로 168, 우림라이온스밸리 B동 B113~114호, C동 B101호		
홈페이지	www.book.co.kr		
전화번호	(02)2026-5777	팩스	(02)2026-5747

ISBN	979-11-6539-637-4 03810 (종이책)	979-11-6539-638-1 05810 (전자책)	

이남우 시집

無
南
나무
南
雨

북랩 book Lab

목차

1장

그

2장

그런

3장

그대로

4장

외

1장

그

彼我
他

사랑

나는 그대를 사랑합니다
밑도 끝도 없이
나는 그대를 사랑합니다
가슴이 꿍꽝대는 소리도 없이

찰나

내 안에 바람 부는
찰나
바다 한 가운데
서다
기웃거리는 해 바라보며
은 갈치 떼 식탁에서
그대와

무제 1

눈이 오려나
하늘 구름 시나브로 두꺼워지는
섣달 그믐아침
늙은이, 담장 너머 동네 어귀 보며 중얼거린다
눈이 오시려나

사랑 숲

나
무

그네를 사랑했다
하릴없이
아무 생각 없는 마음으로
바람 불지 않는 숲의
나뭇잎처럼

그네를 사랑했다
급한 소나기 내리는
여름날 오후 지하철역 입구처럼
헥토파스칼이라는 기억나지 않는
숫자의 태풍에
처연히 내맡기는
숲처럼

그러다가
그러다가
그러다가
그냥
새가 됩니다

사랑 2002

못 미칠 자리에 있음으로
상서로움이지

발바닥 입맞춤은
가없음이지

가슴 맞대며
불꽃을 피우지요

흐르는 강물처럼

강가 노랑부리 왜가리 한 마리 있다
강가 그리운 사람 얼굴 하나 둔다
흐르는 강물이 보이지 않게
그리움은
흐르는 것이 아니다

여름 소나기 맞는 강물은 일탈을 꿈꾸지만
제 갈 길을 벗어나지 못한다
지켜보는 여 그리움이 깊다
바람의 향기로운 유혹이 그네 등 쓰다듬으면
흐르는 강물에게서 그리운 사람 얼굴을 본다

바다가 운다

바다가 운다
경포 앞 바다가 운다
내게 우는 모습으로 보이는 바다는
진정 우는 것인가
내가 우는 것인가
울려고 와서인가

바다가 목 놓아 우는 소리에도
귀 열지 못함은
이미 순수를 잃었기 때문이다
사랑할 줄 모르기 때문이다

경포바다 수평선 뒤
오징어잡이 배들 춤사위 고되다
그네들 내게서 우는 것일까
가련한 그대여
안타까운 그대여
한 움큼 쥐고 가려는 파도에게
자리를 지키려는 작은 모래 버릴 줄 아는 것은 무엇일까
그네들 본능에는 버릴 것 없으리라

바다가 운다
내가 운다
새가 운다
하늘이 운다
아 진실로 우는 이 누구더냐
우는 바다 아는 이 누구인가
우는 바다 무엇을 위함인가
가슴에서 나오는 눈물을
바다가 흘리고 있다면
나는 그냥 바라만 보고 있음이라
이제는 사랑할 줄 모르기 때문이다

바다가 운다 파도가 운다
몸부림치며 각혈을 하며
바라만보다 뒤돌아서는 나는
아
다 바쳐도 모를 울음이여
사랑이여

상고대

너희, 밤을 새(歲)고
같이 있으려 했니
그래 지금
같이 있어 좋은 경우지
바람이 안고
나무는 보듬고
하늘 땅 음우(陰佑)하니
나쁜 인연은 아니겠지
찬기(氣)에 아침 햇살 빛날 때
사랑을 이루는 너희
다른 눈들 같이 하려 하고

중독

사람을 무아로 몰아가는 사람 냄새 있다
감미로움에 마비되어지는 일상
이미 그네 것 되고
그네 독성은 몸과 마음으로 퍼지고
내 모든 세포를 잠재우고 정신마저 가져가는데
그것을 기껍게 맞는다
차라리
죽임으로 남는다 하여도
행복하다 행복하다
큰 소리로 외칠 수 있어 고마운 그네여
　　그네 눈 내 눈 멀고
　　그네 입술 내 입술 없고
　　그네 목소리 내 소리 없고
　　그네 노래 내 귀 막히고
　　내 몸은 이미 내 것 아니다
사랑 이제 더 할 수 없는 것
끊을 수 없는 달콤한 약이 되어 버린 것
흘러가야만 되는 강줄기인 것
같이 썩어야 할 두엄인 것을

집 짓는 풍경

큰 울음으로 반죽하여
살아있어 못다함으로 각을 지어
파내니 기초공사 끝이로세

나무 몇 조각
못질도 않는 목수 대단함은
구중궁궐 부러울까

상량할 제 젯밥에
오는 이 가는 이 모두 술 한 배 절 두 배니
이보다 나은 상전 있을까

끝났다고 끝났다고 동동 밟고 노래하니
하늘 문 통하는 초가지붕이
어울리는구나

죽령역 소녀에게서

팔월 초입 푸름은 이제 그 색계를
벗어날 자세이다
기인 터널 벗어난 분지에
오래된 집 몇 고요하고
낮은 돌담 사이 소녀 하나 보인다

며칠 지난 날 소녀 보이지 않는다
모두 그리움뿐인데
열한 살쯤일 텐데
지나는 기차를 큰 눈으로 맞는 모습이
홀로 그리워서일까
외로움이겠지
보이는 건 산이고
오는 이 없으니
기차 가고 오는 것이 놀이겠지

스쳐가는 기차 안에서
소녀에게서 오는 해맑은 고독이
내게로 스며드는데

그런데, 그 소녀 보이지 않는다

공감

철새

날아간 하늘

열 살 딸아이는

외롭다 하고

아내는

마음이 있다

하네

무제 2

어머니 소나무 꽃이 피었습니다

윤사월 봄은 왜 그리 깁니까
보리는 파랗게 패어 눈을 유혹하지만
오월이 오기 전에는 벨 수 없는 노릇
어린 자식 밥그릇은 커만 가는데
어머니는 보리밭 머리에서
송홧가루만 이고 있습니다

어머니 소나무 꽃이 피었습니다

봄 햇살에 더욱 깊어만 가는 주름은
차라리 기쁜 역사라 하고
일 많은 오월에
보리타작 있어 서럽도록 기쁘지요
어린 자슥 밥그릇 채어줄 생각에
송화는 더 이상 꽃이 아닙니다

오늘, 소나무 끝마디마다 새순이 돋고 있습니다
어머니

사랑 소나기

비가 내린다 소나기 내린다
가슴에서 내리는 비는 마침내
발바닥까지 내리고
그 시간이 찰나라는 아이러니 속에서

소나기는 뜨거운 대지 위에서 뒹굴며 키스를 하는데
사랑하는 사람은
키스의 여운이 끝나기 전에
끝이 보인다

준비 안 된 사람의 허둥거림이
눈을 모다 가리고
뜨겁게 달구어진 대지는 거친 숨을 내쉬고
아아
나의 사랑도 그러함이었다

입맞춤 향기 가시지 않은 포도에서
부르는 이름은
부르다가 내가 죽을 이름은
이미 떠난 사랑이어라
한여름 소나기처럼

_____

* 부르다가 내가 죽을 이름: 김소월의 〈초혼〉에서 빌려 옴

대학수학능력시험 날 아침

1

아버지는 말 한마디 못하고 몸도 제대로 가누지 못하면서 자식 시험 보러 간다니까 애써 눈을 뜹니다 자식은 그 모습 무엇보다도 가슴 저미는 슬픔입니다 아버지 꿈과 기대를 알기 때문입니다 가을이 덜커덕 숨을 거두고 겨울이 찾아온 시험보는 날 춥기까지 합니다 그러나 추운 것은 잠시 교실 안은 추울 겨를 없습니다 모두 인생이 달려 있다고 생각하기 때문입니다 아버지는 자식의 대학 입학을 보지 못했습니다

2

딸아이 아침밥을 제대로 넘기지 못합니다 제 어미 새벽부터 만들어준 밥을 거의 못 먹습니다 새로 만든 음식을 먹이려고 어젯저녁 싱싱한 것만 골라 장을 보고 일찍부터 만든 것입니다 딸아이도 압니다 그러나 툴툴대는 꼴 아버지는 맘에 들지 않습니다 하지만 그냥 바라만 보고 있습니다 혹여 신경 쓰일까 걱정이지요 도시락, 물, 두통약, 옷가지 등을 챙기는 어머니 바쁜 마음은 차라리 메인 울음 같습니다 챙길 것 다 챙기고도 다시 확인하는 부모 마음을 딸아이도 압니다 그리고 나머지는 제 몫이라는 것도 압니다

아버지

못자리 만들기 며칠 전부터
우리 집 암소에게 쟁기질 가르치느라 바쁘죠

송아지 사다 키웠지요
나도 한 몫 했지요
꼴 베어주고 쇠죽 끓여주고
그리고 같이 놀고
이제 쟁기를 배우는 소 되죠

아버지
열 살 나를 데블고 쟁기를 가르칩니다
나와 소는 영문도 모르고 따라 나섭니다
나는 재미있어하지만 소는 그것이 아니지요
더구나 아버지는 필생의 업인 것을…

어린 자식에게 쟁기질 가르치려 한
뜻을 이제 알지만
아버지 원하는 것 하나
이루지 못한 자식은
그냥 당신을 사랑합니다

외로움

새 말하지요
전나무 한껏 치장하고 유혹하지요
제비꽃은 사랑한다 하지요
바라 하늘 보면
종다리 합창을 합니다
걷는 발걸음 가볍지요
친구 많으니까

아아 그러나
핑 도는 눈물은
어쩔 수 없는 사람인가요

벗에게

참 가난한 사람이다
몸과 마음이

보름달을 보면서
하현을 그리는 참으로 가난한 사람이다
어차피 있는 빛이 다인 것
왜 되새김을 하느뇨

흐르면 모두 이미 가 버린 것
미리 앞세워 그리워하지 말라
가난한 사람으로 살으리
그래야 오지 않은 시간을 기다리지

진눈깨비를 눈으로 보는 사람과
비로 보는 사람
우리 그러한 경계에 있어
살아봄직하지 않은가

새 1

들
논
트랙터 지나간 자리에
가지런히 꽂힌 나락
하늘
파란
구름은
눈에 잡히는
아버지
그리고
가슴에 스며오는
바람 이야기
차라리 구분하지 않았으면
내게 서러움이
없을
논두덕
새는 벌레잡기에
지 생명 걸지만
보는
나

그

날개 짓에

목숨을 걸……

나
무

외출

아침이 내릴 때
머리를 감고
목욕을 하고
양말을 고르고
속옷을 골라 입고
바지를
셔츠를
그리고
몇 년 만에 로숀을 바르고
준비하는데

지향이 없다.

곰팡이 핀 구두에 약을 바르고
아하

가자
유년의 바람 맞으러

살갗을 비비는 바람
우리 집 암소 송아지 낳던 그날의 바람

아버지 바지게에 가득 찬
들노래 같이한 바람
그 시절
그냥 내게로 달려온 바람

이제는 찾아야 하는 바람
찾을 수만 있어도 살가운 바람

앞서는 내 반짝이는 구두

나
무

장성호변 최하리

백양사에 휘둘려 잊어진 마을에서 태어난
다섯 살 최하리 물빛 눈을 가졌다
가둘 줄만 아는 내 눈으로 보면 하리는 영악하고
하리 눈으로 보면 하리는 하리답다
공 차는 것을 보았는가
그래 월드컵을 테레비로 보았겠지
축구공으로 놀자 한다
받아 주면 끝이 없는 하리의 공차기
나는 시간에 쫓기는 신세
기다림은 있는 것일까?
시간이라는 거리는 얼마일까?
하리와 나의 거리

그날 저녁 무엇인가 잊은 듯 그리운 듯 잠을 이루지 못한다
무엇일까 하리일까 백양사일까 장성호일까 하리엄마일까
나그네에게는

대물림

아버지는 하현 달빛을 담은
도시락가방을 짊어지고 길을 나선다

'나'라는 녀석이 뒤따르고

아버지는 초승달이 서산에 뜰 때
색시 집 다홍치마에서 날개를 단다

'나'라는 녀석은 주공酒公에게서 꿈을 꾸고

아버지는 당신이 세상을 배회하듯
슬픈 노동을 자식사랑이라 위안하고

'나'는 몸부림치며 반역하지만 닮아가고 있다

오르페우스의 변명

신이 그네들 사랑을 만든다

노래로 신을 울리고
사람을 춤추게 하고
살아있는 모두에게 생명을 돋게 하는
리라로
오르페우스는 노래한다

들으려 하지 않는 오늘 살아있는 우리에게 사랑노래를 한다

저승을 넘나들며
사랑을 나누는
에우리디케를 가슴에 심은
오르페우스
우리 노래하게 한다

---

* 오르페우스, 에우리디케: 그리스 신화의 신인神人
* 리라: 거문고와 비슷한 현악기

리라를 켜는 그대는 오르페우스
사랑하는 에우리디케를 얻은 그대
참 아름다운 에우리디케는
움치려는 님프에게 죽임을 당하고
보낼 수 없는 오르페우스는 지하를 감동시키는데
그냥 돌려줄 수 없는 것

따라나선 에우리디케는 오르페우스를 사랑했는가

우리 일상은 이러한 것.

감동했다고 가져가라고 하고는
뒤 한 번 봤다고 빼앗아가는 일 신의 일인데

그래
사랑은 뒤를 돌아보지 않는 것

강화터미널

촌티 물씬 밴 곳 아니다
노랑머리 소년 브레이크댄스 추고
물기름 바른 머리 한껏 힘준
중년 사내 분명 갈 곳 있으리라
시월 햇볕
긴 그림자 늘어뜨린 오후
끝물 풋고추 따서
정성스레 보자기에 담은 아낙은
왜 가느냐고 물으면
사람이 있어서란다 그곳 서울에
모두의 지향은 그곳인 듯하다
노랑머리도
중년 사내의 냄새도
풋고추의 재생산을 위함도

가면 무엇하리
올 곳이 있으니 그런 말하지 말라며
신촌행 직행버스는 떠난다

1999년 강화에서

편의점 아침 조각

3월 하현 여명에 가려지는 06시 30분
학곡저수지 옆
편의점에 아침성찬을 만난다

작업복 차림 네 사람
삼각 김밥과 김밥
컵라면으로 식사를 하며
오늘 하루 양식을 준비한다 '김치라도 사지'

그들 어디에서 무슨 일 하는지 모른다
다만 두꺼운 장화와 눌러쓴 모자와
헐은 작업복은 예전 아버지 모습 비슷하다

나는 말끄러미 그네들 성찬을 보면서
사는 것이 이러함이라고.
그런데 나는
아메리카노 버튼을 누르다

나
무

우리

미리내 흐르는 별 눈을
닮은 아해와
견우직녀 이야기를 밤새워 하는
아버지를 사랑합니다

잔설의 등 언저리를 살펴
봄눈 틔울 때
아해 손잡고
언덕배기 새싹이야기 듣는
어머니를 사랑합니다

북풍을 꼬옥 안아 보듬고
갈치 등 비늘처럼 밀려드는
파도를 보며 아직
오지 않은 시간을 이야기하는
가족은 아름답습니다

추수 끝난 들의 가장자리에서
자리를 펴고
돌아온 철새들
춤 노래 같이하는
우리는 우리입니다

그

몸, 기생 되어
숙주 돼 버린 그

얼마나 많은 노력 필요할까
자본에 깊이 숨쉬는 그

흰 옷 입은 사람에게 갇혀 있다지만
자유로운 그

기생은 몸을 판다나
화담을 사랑한 평양 기생도 있었으니

기생이 흔들리면 숙주 떠날까
숙주가 흔들리면 기생 떠날까

바랄 뿐
꼭 그렇게 되기를 바랄 뿐

기생은 기생이고
숙주는 숙주로 남는 그래서 같이 늙어 가면…

좋을 것인데

그를 확인되지 않은 생물이라 한다 전문가 입장에서.
나는 함께 늙어 가는 중이라 하다

2장

그런

日常
境遇

파도

그가 온다
모래알 씹으며
날파리 쓸어안으며

그가 온다
먼 바다 고기 잡는 사람 땀을 끌고
달빛 가득 담고
별빛 머금고

그가 온다
꿈을 모두고

그가 간다
씹은 자욱 지우며
남자는 것 버려두고
오지 않을 시간 기대지 않고

그가 간다
맡긴다

어느 흐름 있는 날

새벽안개 흐름 북에서 남으로 가는 시각
밤송이 몇 낙하를 하고 통째 땅에서 또르르 흐른다
또르르 흐른 밤톨 내 주머니에 넣고 흘러가게 한다
마누라 위와 장을 흐르고
강으로 흐르고 바다로 흐르고

안개 남에서 동으로 흐르고
다시 서로 흘러가는 시각
가을 햇살에서 사랑 끝낸 사마귀부부 사체를
개미 끌고 흐른다
사마귀 사랑은 어디로 흐를까

안개 속을 벗어난 바람 도시로 흐르고
바람 따라 사람 노동으로 흐르고
마른 목젖 코카콜라 흐르고
오줌으로 흐르고 강으로 흐르고 바다로 흐르고
바다는 돈 바다로 흐르고 싶은
흐름 있는 날 저녁이다

어느 날

깜깜했어 모든 게
내 새가 죽은 숨을 쉬고 있어
고개 처박고
조사弔使를 할 수 없어 낮술을 마셨어
숨이 멈출 때까지

새 날개가 없었어
백 몇 사람 죽은 추락한 비행기
날개를 달아 주었어
좋아라 했어
그리고

그리고
어느 날이 왔어
왔어
날이
어느

없어지는

빛

새벽 깨질 듯 파란 하늘
하얀 홑이불 덮고 그믐달이 간다
가는 곳 어디일까
가는 걸까
이불 개면 길 밝혀질까

달은 무섭게 다가서는 햇빛에 제 모습 잃고
밤을 망상하던 땅 위 버레는
빛의 중독 느끼지 못하고 시간 속을 간다
가는 걸까
오는 걸지도…

그가
내가
내가
그가

나
무

보오

친구여 동트는 시각
내 가졌다고 여기는 호수에서 물안개 피오
호수는 하늘에 젖꼭지 물린 듯하오
아직 늦봄인데
밤새 우르르 내린 소낙비
동트는 시각을 방해하려 하오
해가 심각하게 받아들이면 어떡하오
하늘은 아직 젖을 물 채비를 못 이룬 듯하오
섬광처럼 빛나는 번개에 쫓기는 듯하오
이럴 때는 그냥 등 돌려 동쪽을 배신하는 거라오
친구여
나는 서쪽 하늘을 보오

그래서 나는 지금 김수영의
작란과
병풍과
폭포를 지나
풀이 드러눕는 풍경을 보오

물그림자

달이 달을 본다
별이 별을 본다

이솝의 개는 뼈다귀를 잃었다
그림자를 보지 않는다
그림자에게는 뼈가 있지 않기 때문이다

맑은 뼈를 심을 생각에 가둔 호수를
제비가 물을 차면
별이 달이 흔들린다
산이 흔들리고
나무는 떨다가 떨다가
그림자로 돌아온다

그림자에게는 뼈가 없다

배船다

닻은 항구다 돛은 바다다 의식은 닻과 돛의 경계에서 배회한
다 닻을 내리면 돛도 내린다 돛을 올리면 닻도 올린다 그러니
그것은 경계의 구분이 아니다 하는 일의 위치가 다를 뿐. 시
가난다 배가 비로소 배가 된다 주욱 가는 것만 생활 아니다
멈춤도 생활이다 닻도 돛도 배다

산山돌에게 달이 빛을 준다 돌이 달에게 밤을 견디게 한다 어
둠의 위세에서 돌이 비추는 제빛은 달에게 힘이다 같이 말할
수 있는 동무다 달과 돌은 같다 빛이 시간이 공간이 방향이 같
다 달과 돌은 하늘이다 달과 돌은 배를 만든다 밤을 건너는

닻을 내리면 사람이 내리고 돛을 올리면 사람이 올라간다 닻
과 돛은 사람이다 거간꾼은 배다 그런데 사람보다 배가 비싸
다 사람 떠나면 빈 것인데.
우리의 가치가 이렇게 황당하다 세월처럼.
사람은 사람으로 있어야 하는데

달이 없는 어둠에서 돌은 찬 서러움에 갇힌다 바라보는 돌 빛
이 없으면 달은 고독에 떠 있다 달빛이 돌 빛이고 돌 빛에 달
이 돛을 단다
이렇게 한 묶음이 우리 사는 동네다
이것이 가치이다 사람이다 사랑이다

아차

꿈을 한순간 한입에 다 먹어 버렸어요
마지막 남은 깍두기와 함께
아직 남은 순댓국이 쳐다보아요.

무제 3

낮달을 보며 잠을 청하다
꿈 이야기를 하다
배회하는 시간
나
너
아닌
그러한

점멸등

점멸등 앞 서 있는 나

상처 없이 아픈 나

즐겁게 숨쉬고 싶지 않은

즐겁게 내 얼굴 감싸 돌아눕고 싶고

즐겁게 가슴 꿍꽝거리는 것 없애는

즐겁게

존엄이 아니다
그냥 선택하는 것
처음이자 마지막

집토끼 집 쥐 절대 아냐
그냥 추락
못 생긴 인생

즐겁게

그래 가는 길 맘

가는 길 내 맘

그런 그대로
봐주라

나
무

추수 끝난 논에서 내가 보인다

추수 끝난 논에서 향기 난다
지난여름 치열한 열기를 담은.

싹둑 잘려진 나락 밑동에서
지나온 계절 기억 소멸시키는 작업이 보인다
떠났던 새 돌아오고
제집을 꿰찬 새 기억의 모이를 쪼아 먹고
바뀐 바람은 사람을 떠나보낸다
들 맑은 하늘 늦가을 조각구름
새들에게 새로운 기억을 선사하고
나락 밑동은 기억과 함께 삭는 기쁨을 안는다

첫눈이 애인처럼 찾아오면 삭신의 뜨거운 열기 식고
더욱 소멸의 냄새는 깊어질 것이다

새가 냄새마저 쪼아 먹고 남은 빈들에
시나브로 다름이 찾아오는 즐거움으로 요란할 것이리라

깊은 병

뻐꾸기 오목눈이 집에 알 낳고 도망치다
알의 안부 염려되어 우는 소리인 줄 알았지만
희희낙락 노래 가락인 것 아는 시각,
오랜 세월 필요하다

늙은 어머니 이빨 시원찮아 맛을 모른다고 투덜 투덜이다
목숨 줄 연명하는 깊은 맛 알고 있는 모습을 발견하는데
많은 시간 필요하다
귀가 어두워도 보청기 살 돈 없다는 옆집 노인네
내말 토씨까지 아는 것 눈치 채는데 고도의 민첩성 있어야
한다

한도 많은 카드 눈길 안주는데 익숙하다
한도 다 차가는 시각 다가오는 카드 온 신경 머무른다
사람이다 같이 있어 느끼지 못하는 사람이다
무한대 한도를 가진 카드 손에 쥔 비렁뱅이인 줄 아는 때,
이미 가버린 시간이다 시인의 언어다

새 소리 기대어 새소리 기댄 채

할 일 많은 머리 가둔 정오 조금 지난 시각
이제 막 첫걸음 뗀 가을 숲에 서다

사람 흔적은 수다스럽지만 소리 없어 좋은 곳
새 소리 들리고

소리인가 왜 울음인가 왜 웃음인가 왜
말이라 하지 않은 오만함에 등골 오싹하지만

박새 참새 오목눈이 콩새
까치 까마귀 혹 가마우지
소리 들어 보지 못한 매의 눈 울림

깊이 갈수록 하릴없이 머리는 이제 없다
귀에서 온몸으로 퍼지는 소리 있을 뿐

새소리다

(나는깊이있는말에답을찾아야하는어떤명名命에점점스며듦을느끼는
데편하다말이아니어서소리어서그냥울림아닐까)

기차역

Dear

Dream

Death

몰랐다 이끌린 듯 간 곳 기차역이다

아니 기차역이 아닐 수 있다 그렇게 보일 수 있다

기차 흔적이 없다 기다린다

서성이며 앉았다 일어나며

정해지지 않은 시각을 기다리고 싶은 마음이다

어릴 때부터 아니 어머니 뱃속에서부터

누군가 기차는 온다고 내게 각인시킨 그곳

기차역에서 기다린다

꿈일까

친애일까

죽음일까

친애일까

죽음일까

꿈일까

오는 기차 유일한 손님인 기차가

기차역을 기다릴까

기차역이 기차를 기다릴까

기다릴까 흐름일까 경계일까

다섯 살 아이에게

하늘별이 보이지 않는 것 별이 없는 것 아니란다
지금 이 시각, 별들을 보이지 않게 하는 것들이 많기 때문이
란다
많은 것은 많은 것을 낳아 또 안 보이게 한다
그렇다고 별이 없어지는 것은 아니다

(부재한다고 부재라고 단정하는 것은 꼭 옳은 일은 아니다)

아이야 너 지금 밖으로 가라
새를 보라 풀을 보라 하늘을 보라 당장 보이는 것이 무엇이뇨
풀이니 참새니 제비니 보이는 것만 보이는 것이 아니다
지금 보이지 않는 개 개소리를 하고 보이지 않는 배암 개구리
삼키고 인도네시아 방울뱀이 애기 가진 엄마를 뱃속에 가두
고 있는 모습 모른다
보이지 않는 풀이 씨앗을 날려 코를 막고 보이지 않는 꽃이
나비와 사랑놀음에 빠져 향기를 뿜지 못할지도 모르는 것이
세상일이다

(존재한다고 존재라고 단정할 수 있을까)

메꽃 핀다 나팔꽃 뒤에 핀다

메꽃 사람들 가꾸지 않는다 나팔꽃 가꾸는 사람 있다 메꽃은
오래전부터 우리 땅에서 나서 자라고 꽃피고 뿌리로 간직하
여 다시 핀다 나팔꽃은 인도가 고향이다 나팔꽃은 일년생이
다 나팔꽃은 씨를 맺어 가꾸는 사람에게 선사한다 우리의 학
문이다 예술이다 철학이다 그리고 우리 사는 방식이다 나팔
꽃이 메꽃과이다

새로움이 꼭 좋은 것은 아니다

스며있는 땅 기운을 모르는 것이다 그냥 있는 것에 대한 설움
이다

(외쳐)

말들이다 뛰쳐나오면 끝인 말이다

(꼭 다섯 살이어야 한다 다섯 살이 아니면 뺨 맞을 수 있다 못 들은 척
할 수 있다)

산

쓸 수 있는 것이 무언가
산이다
쓸 수 없는 것이 무언가
산이다
그럴 수 있는 것이 무언가
산이다
그럴 수 없는 것이 무언가
산이다
사람이 '나'를 사람이라고 할 수 있는가
그렇다고 '나'를 사람이 아니라고 할 수 있는가
산이 그렇게 생겼다

연緣

경을 합니다
풍경이 노래합니다
종소리 서둘러 길 떠납니다
합장은 남은 이 몫이랍니다

나
무

풍장을 꿈꾸며 꿈꾸는 장례식

골수를 파먹다
입에서는 악악악 소리 드넓고 신경은 시원하다

눈깔을 파먹다
순간 짜릿한 아픔은 검은 기쁨으로 오고

살점이야 그냥 먹어라
그런 그대로 있는 그것에게 살점이야 음식이지

그런데 뼈까지 입에 담지 않는 이유는 무엇이니
그래 그것 원하는 다른 존재를 위함이지

고맙다 고맙다

내 골수를 파먹고 있어서
골에 새긴 그것들
정리되지 못하고 선하지 못하고
뼈에 새긴 것들
인간, 틀에서 맺힌
살 허접한 그 살
맛나게 씹어도 배차지 않는

고맙다

빛의 소고小考

쉼을 주는 어둠은
우람한 어깨 펴고 달려오는
빛에 쫓겨 서둘러 떠나고

어둠 속에서 잊고 있는
일상의 처절한 분노는 너울 되어 밀려온다
깨어야 한다는 의식과 깨지 말아야 한다는 의식은
더 이상 싸움거리가 아니다

빛에게 어둠이 쫓겨나는 순간 전쟁은 끝이다
입어야하며
씻어야하며
먹어야하며
움직여야하며
만나야하며
보아야하며
그리워해야하며
사랑해야하며
미워해야하며
그리고 또

빛이 가진 화려함에 놀라 깨야하는 인간군상에게

빛은 빛일까

아침 1

한 아이가 빨강 옷을 입은 아이가
학교 가는 길에서 한눈을 판다
논두렁 민들레와 이야기 나눈다
아이 알고 있는 모든 것은 그네에게 가고
민들레 보이는 모든 것은 아이의 미래다
노랑 꽃 민들레 뿌리는 노랄 거야
하얀 민들레 뿌리는 하얗고
골똘히 생각하고 묻던 아이는
떨리는 가슴으로 뿌리를 뽑으려다
하얀 손을 멈춘다 그리고 조용히 일어나더니
너의 모두가 다 내 것일 수는 없는 거야
혼잣말을 하며 민들레에게 작별을 한다
뒷모습에게서 향기가 나고
민들레 포자 하늘을 난다

비 개인 05시 20분에는

몽정을 다한 뒤
빛에 쫓긴 여가 달려간다
피아 없이
오직 빛의 세기에 매달려
모가지는 어디로 향하는지 모르게
다만
헐떡거릴 뿐, 찾아 두리번거릴 뿐

꿈 이야기

못하지 아니할 수 없지
꿈은 빛에게
죽임을 당하는 가엾은 생명

밤의 체중을 지탱하던
비는
가슴 불꽃을 피우더니
개인 05시 20분에는
못다함이라 고개 숙일 뿐
이미 벗어난 소용 닿지 않는 재산일 뿐

봄 봄

봄이라는 녀석이
북풍 기댄 채 서려하고 있다
겨울 하늘 새 날아가고
내 눈동자 맺혀있다.

카오스 같은 회오리 몸을 감싸더니 열병을 앓는다
떠난 찬바람 가슴에 맺혀 있기 때문이다
그네를 많이 사랑했나 보다
봄이라는 녀석 이제는 제대로 서서 나를 본다
나는 언제 그가 발걸음을 뗼 지 기다린다

열병 가슴에 묻고
이불 개서 장에 가둔다
카오스는 정리되지 않지만 정신은 맑다
그리는 사람 얼굴 맴돌고
봄이라는 녀석 발걸음을 뗸다
가만히 맡기는 심사 가소加笑롭다

불면

새벽 팔부 능선
정신머리 서 있다
짐을 가득 지고
아니
배회하는 듯하다
친구여
보이는데 보지 못하고
보이지 않는데 보이고
아래로 향하고픈 친구여
내려가도 되는 마지막 봉우리는 어디인가
있을까

끝나도록 찾아야 할 그대여

나
무

간다

간다 가는 것이 가을이다
푸름을 자랑하던 잎새도
한껏 치장 바쁘던 도토리도
내려앉는다 돌아간다

그네들 위로 향하던 머리
시작을 그리며
가볍게 가볍게 길을 간다
미쁜 걸음 아래로 향한다

간다 갈꽃이 흰 손처럼 흔들며
가는 것이 가을이란다
다시 남을 위하여
자리를 비워줌을 아는 것이
가을이다

가을이다

새 철새는 돌아오고

나락 몸 바꾸려
떠난 들
새롭게 자리 펴는 새들
그러함인가
순명인가

바람 목소리 높여
소리치는 저녁놀
질세라
들, 하늘 채우는 새들
무엇을 이루려 함인가

노래로
그리움으로
살아 있음으로
찾아온 빈들
그대 모습으로 가득 차구나

연습이 필요할 때

사는 일 연습이 필요하다
사랑하는 일 연습이 필요하다
헤어지는 일 연습이 필요하다
죽는 일 빼고 모두 연습이 필요하다

소나기 내리는 것도 연습이 필요한가
달맞이꽃 피는 것도 연습이 필요한가
물 흐르는 것에도 연습이 필요한가
바람 부는 것에서도 연습이 필요한가

사는 일 한 묶음이면 연습이 필요하지 않겠지
사랑하는 일 한번으로 보면 연습이 필요하지 않겠지

그런데 우리는
항상 연습한다 몸으로 머리로
그리고 되먹지 못한 이성으로
연습의 끝이 어딘지 모르면서

(다만 이미 가버린 시간이라는 사실만 알 뿐)

그대로

無爲
自由

그냥

스스로 그렇게 있기를

같이 하는 것
같이 모르는 것
개구리 노래하는 일
개구리 우는 일
같은 일 다른 일
작년 심은 소나무 55센티미터가
100센티미터 되는 때, 모르는 시각
뒤 안 딸기 익어가는 시간
세월, 모르고 따 먹는 지금
내가 늙어가는 중
동네 별에게 물어 보고
함께 흐르는 미리내

바라는 마음

아침 2

해가 오더니 해가 가더니
저 수평선 아래 님에게서 가더니
내게 오더니 아침이다
겨울 새떼 극점을 향해
출발하더니 아침이다
서울 강남 아파트 변기에서
큰 똥 내려가는데
한강 잉어 숨을 곳 찾는 아침이다
오리 가족 자맥질하다가
다시 나는 아침이다

꽃

자리에서 할 일 다 하는 꽃에게
나비 나풀대며 유혹하는 것
계절 가는 설움이겠지

흐르는 시간 모진 형벌에도
자리 지키는 꽃에게
바람 농도 짙은 구애 계속되는 것
꽃 떨어진다 하여
자리 빈 것 아님을 아는 까닭이겠지

(자리를 빛내는 시간 길고 짧음은 다르지만 그대로 보여 주는 꽃에게)

(나는 무엇인가 세월만 기다리는가)

나비 떠나고 바람 떠나고
사람도 떠난다 해도
자리에서 기다리는 꽃이여
가슴 차도록 다가오는 꽃이여
가는데 가지 않는 길 위의 꽃이여

윤삼월

별이 빛을 가리고
내 불은 끄고
눈 반쯤 감아도
떠오르는
그
봄 밤
윤 삼월
자정
그
꿈

나
무

나무의 정령精靈

숲에 간다 숲이다 나무를 만난다 숲이 아니라도 괜찮다 나무
이면 된다
많이 모인 곳이 시원하다
혼이 있다 기가 보인다 그래서 정령이다
소나무 깔깔댄다 정령이라고 지금 지랄이네
그냥 있다 보니까 네게 듣는 지랄 말이란다
옆에 있는 갈참나무 '더러워' 지는 정령이라는 소리 듣고서도
지랄하니 나는 무엇이냐 그냥 잎이 넓은 나무 하나란다
다래 달래달래 달고 넝쿨 뻗는 다래나무 더 지랄이란다 지는
가는 몸매에 비비꼬인 몸을 다른 넘 의지하고 달달 매달고 자
식 키우는데.
지나는 오목눈이 다래 한번 쫀다
지나는 물 노래한다
귀 기울이는 소나무 지는 정령이 없다고 다만
지를 좋아하는 그들 생각이라고 물에 귓속말한다
흐르는 물은 잠시 뒤에 놓아 버릴 것 뻔하다
갈참나무에 매달려 있는 도토리는 어차피 떠날 일이지만
그래도 한 몸이고 지 자손 가진다고 땅에 귀화한다
오목눈이에 쪼인 다래 탁 터지는 순간 다래는 자유를 얻는다
다래나무는 오목눈이를 기다린다

나무 있다 많은 나무 있다 그냥 나무라 불린다
숲이다 숲에 나무 기생한다 숲이 나무를 기댄다
그러다가 숙주에서 기생이고 기생에서 숙주다 그래서 숲이다
나무의 정령이 나를 따라오고 같이하는 풀 노래 있다
내 연인 있다 노래하는 내 새 있다
그래서 다시 숲이다 나무의 정령이 춤추는 숲이다

봄

봄은 솟음이다.

봄은 오름이다.

봄은 색이다.

봄날은 날 샌 칼이다.

봄은 미친 사랑이다.

봄은 요란하다.

봄날은 쉴 틈이 없다.

봄은 '나'다.

복수초

제 몸 열기 내어 겨울 눈 녹이며
꽃 피우는 그대

해지면 오므려 잠 청하지만
이른 봄바람 긴 밤 만들고

아침 햇살 살며시 찾아오면
수줍은 노오란 얼굴 다시 펴고

낮달 햇빛 뒤 숨어 엿보는데
활짝 웃음 짓는 그대

복수초어

나는 내 몸 열기로 꽃 피울 때 그리노라

3장. 그대로

비 그친 오후

하수남천 탁류에 기대어 서다 이곳에서 가장 높은 땅 비로봉
에서 하늘과 이별한 비 사다리병창을 지나고 길고 가느다란
세렴폭포 껴안고 아홉 마리 용 전설 쓸어담은 구룡폭포를 기
억 속에 두고 비 오는 오후 구룡사 중禪僧의 낮잠 꿈도 있다
더덕 까는 중늙은이 나무등걸 같은 손등을 스치는 바람과 찐
빵 찌는 자매 알지 못하는 경쟁과 비 오는 날 풍경을 으스대
며 마시는 막걸리 파왁자지껄과 금강송 냄새도 있다 치악산
휘돌며 신령스런 정화를 마친 비는 이제 사람 뒤 설거지를 해
야 한다 아무렇게나 파헤친 구릉에서 흘러나온 흙 찌꺼기는
양반이다 마음 것 뿌린 기름진 농약을 가득 품고 있는 들에
게서 모든 것을 선사받는다 아스팔트 타이어 분진과 퀴퀴한
자동차 오줌도 받아낸다 그리고 제 몸 장에 가득 찬 똥 뒤집
고 모든 것을 사자 사냥 가듯 빠르게 안고 품은 것들을 뒤섞
으며 흐른다 마치 혁명 분자인 것처럼 뒤집어야 사는 것처럼
그래야 다시 품을 생명이 있는 것처럼 흐르는 하수남천의 탁
류다

(맑은 물을 가지는 순간이다)?

하수남천은 치악산 구룡 계곡을 흘러 학곡저수지에서 멈추고
횡성 우천 들로 이르는 내이다

그 새

서 있는 놈 하나 있다.
강 가운데
곧게 서서
눈 아래로 향하고
달 응시하는
빛에 갇힌 먹이 찾는
새
그 새
그
새
새
내
네

나
무

새 2

새가 꿈을 꾼다.
나는 꿈을
날 짐승이 나는 꿈을 꾸다니
그것이 살아있음이리라

(데미안이 아프락삭스와 불새와 알을 말할 때 싱클레어는 알았을까)

새 3

강섶에 새 한 마리 있습니다.
태양은 긴 그림자 드리우는데
새 집을 찾지 않습니다

강물이 조잘대며 흐르면
다만 웃을 뿐
새 가만히 있습니다

어둠이 늙은 세월처럼 몰려오면
새 날개를 펼 수 있을까요

이것이 기다림이라면 안타까운 일입니다

세월

지난 계절 바람 돌아누운 아침
참나무 도토리 하나 또르르 여행을 떠난다
아침고요 깨는 소리에
살짝 드리운 안개 화들짝 춤추고
잠에서 깬 다람쥐 가족
제 세상인 양 따라나선다
벗고 또 벗어야 가는 길 잃지 않는다며
떨어지는 이파리 웃으며 보내는 상수리나무
남은 도토리 가만히 내려놓는다
묵은 숙제 다 한 가벼운 몸 새 바람 맞는다
모두
제 갈 길 잘 찾는 아침이다
부지런한 새 있어 내려다보다가
힘차게 날고
파란 하늘 까르르 웃는다

추우서정秋雨抒精

비 내리는 가을 오후다
비 맞는다 나만 맞는 비 아니다
은행나무도 단풍나무도 민들레 노랑꽃도
간혹 길고양이도 산 다람쥐도 몇 마리 작은 새도
산과 들도 내 집도

우산 있어도 그만 없어도 그만
우산을 필요로 하는 것은 사람이니까

땅은 내 발이 디디고 있는 것이고
하늘은 어디일까
갈비秋雨 그 사이로 내리고
우산 없는 가여운 내 새끼들 비를 맞는다

추풍秋風에 동행을 허락하지 않은
은행나무 이파리 못 이긴 척 가을비에 안긴 채로
낙하를 즐기는 오후다
더 이상 내려갈 곳 없는 이파리가
우산 찾는 내 발밑에서 노래하는
비 오는 가을 오후다

풍경 1

오후 세 시 햇살
숲을 비추면
숲은 가을 옷 입기에 바쁘다

산에 들에
색 아지랑이 피어오르면
동네 삽살개 산에 오른다

풍경 2

왜가리 강물을 박차더니
물고기 한 마리 입에 물고 있다
지나는 구름 웃고
새순 기다리는 강가 갈대들 춤춘다

왜가리 아침밥은 작은 물고기 한 마리
구름 아침은 그것 보는 것

강물에서 원을 그리던 물고기 흔적 찰나에 사라지고
뒤따르는 강물 자리를 차지하고
구름 흘러간 자리에서는 파란 하늘 보인다

지나는 여 흐르는 강이 된다

바람이 분다

바람이 분다 내가슴에
바람이 분다 내가슴에
바람이 분다 네가슴에
바람이 분다 네가슴에
바람이 분다 기억속에
바람이 분다 추억속에
바람이 분다 그 안에
바람이 분다 그 세월
바람이 분다 없음으로
바람이 분다
바람이 분다
바람이
분다 내 사랑

강 가운데 돌 하나

물이 반쯤 차면
꽃뱀이 밀뱀이 간혹 살모사 새끼도 쉬고
원앙 한 쌍이 쉬고
가마우지 똥 싸는 그

여름, 짧은 사랑 소나기 찾아오면
웬갖 배설물 손님인양 걸터앉고
잠잠해진 물살에 소곤대는 바람이 동무하면
매달리고 싶지만 찰나의 포옹 눈물이여
지나는 사람 있어 앉으면 내 모양은 없어

출처 불명, 어디서 왔는지
언제 생겼는지
모르지
가진 내력이야 지금까지 흐름뿐이니

강 가운데 있는 그
민달팽이 찾아와 말을 걸고
간혹 파랑새 찾아와 질투하는
지금, 돌아 내가 같이 있고 싶구나
강 가운데 돌 하나. 그

소나기

세차게 비가 포도鋪道를 때린다
비는 바로 둥근 방울 되어 포도를 굴러간다
크레셴도 애니만도 crecendo ed animando 점점 세고 활기
있게
당당당당당 소리 들리는 듯하다
세찬 빗소리 물방울 안에 갇혀 더욱 커지는 듯하다
갇혀있는 나는 듣지 못한다 방울 안에서의 소리일 뿐.
포도를 구르는 순간에서 셀 수 없는 물방울과
같이 굴러가는 내 눈깔이 튀어나올 듯하다
비를 맞는 포도가 방울방울 방울 매달고 내 눈깔은 그것들과
같이 있는 착각에서 매여 있는 여름 오후 비 오는 포도이다
장마 끝났다는 일기예보 바로 뒤끝이다
비는 호프집 앞에서 맥주 방울 무게에 노가리 무게를 보탠다
까르르 웃는 낯선 여자 그것 같은 방울은 데굴데굴 굴러가며
내 가슴을 팬다
그러나그러나
구르는 것이 비일까 나일까 방울 된 구름일까 포도일까 목젖
을 타는 호프일까
모르겠다 다만 귓가에 들리는 장마는 끝나고…
크레셴도 애니만도

소녀

맑은 눈을 가진,
여름 한바탕 소나기 그친 하늘처럼
맑은 눈에게서
세월을 본다
바람에 흔들리는 풀잎마다 사연이 있다고
길을 따르지 않던 아이,
새에게서 하늘을 나는 날개를
선물 받은 아이의 창공
그러한 모습으로
이른 아침
여명에 선
소녀에게서
지금 흐려진 눈을 끔벅이며 바라보는 나는
머릿속 세계 반란에
길을 잃는다

아 길은 과연 있었는가

소녀여
영혼을 보여 닮게 하는
소녀여

새벽

새벽 04시 30분 자목련 꽃잎에 갇힌
낯선 개 노래하는 것은
일 찾는 사람의 그림자일게다 (요즘은 버린 박스 찾는 노인들이 대
부분이지만)
아니면 별의 소리일 수 있다
지구행성 밖에서 날아온 별의 지친 어깨소리

그 새벽
소쩍새 우는 연유는
성에 차지 않는 나무 배고픈 봄을 알려 하는 것일 게다
사람의 보릿고개 모습에 놀라는 눈물일 수도 있다
커 가는 열 살 어린자식 밥그릇을 보는 눈물

유년, 하교 길 병아리 한 마리
오늘, 달걀 하나 낳고 기뻐 소리치는 새벽이다

만남

한사람간다

한사람온다

한사람있다

표정없는
얼굴잊은
그냥
몸을가진

나
무

조찬

2017년 10월 31일 05시 35분
학곡리 까만 하늘에
별들 잔치 오랜만이다
산봉우리에도
소나무 위에도
뒷집 지붕에도 별
술 노래 있다

열나흘 밤

윤삼월 열나흘 밤
수수꽃다리 도란거리는 마당을 비추는
달빛 따라 창을 냅니다
채워야 할 일 있는 그네 얼굴
땀이 가득하지요
나는 무례하게 훔쳐보며
밤 새워 창을 바꾸어 갑니다
그러다가 사방이 모두 창이 되겠군요
하지만
오늘 온달이 아니라서
기다림이
기쁘지요

야간비행

02시 야간비행夜間卑行을 마치고 돌아온 집 마당
청개구리 한 마리 반긴다
이놈이 사람을, 허허로이 웃다 울컥 눈물 난다
춘삼월 보름달 나무 위에 앉아 말끄러미 바라보고

신호등

부모 있을 때는 신호등이 확실하지요
빨강 파랑 노랑
점멸등 없지요
점멸등 켜지는 순간 비로소
내 있겠지요

그는

파르르 떨리는 눈썹 같은
음 이월 스무이레 빛나는 달은
개나리 피는 모습 환하니
노랑 세상으로 기억할까

별무리 조잘조잘 세상풍경 알려주지만
(어린왕자 바오밥나무 보아뱀 사막여우 점등인 장미꽃이야기 같은)
큰 빛에 쫓기는 같은 처지라서 들리지 않고
(사실은 들어본 적이 없다)
시나브로 가는 걸음 가쁘게 바뀐다

매몰차게 내려놓고 떠나는 운명 알아차렸기 때문이다
(이미 정해진 것이 운명이라 하는, 움직이는 것이 운명이라 하는)
동네 개들 멀뚱거리고
외양간 암소 긴 숨소리 집안을 감싸 도는 시각
그렇지, 그는 눈썹 휘날리며 갈아탄
빛 쫓아 서두는데

개나리 파란 옷이 보인다

변명

늦봄 밤비 세차게 내리는 날
몽정을 한다
질펀하게 쓴 느낌이지만
속옷 말짱하다
밤새 내린 봄비 집 마당 소나무
솔방울 맺히게 하는데
참 속옷이 말짱하다니
그냥 늙어가는 중이라고 단념하지만
거리 봉긋한 가슴을 보면 눈길 가고
꿈에도 갈구하는데
중국발 미세먼지 탓할까
건넌방 대머리 탓으로 돌릴까
내 여자에게는
시에게는

4장

외

外

시냇물

졸졸졸…
흐르는 시냇물
노래 부르며
동료들과 흐르는 시냇물의 노래 산골짝을 울린다
동료와 노래 부르며
흐를 땐 마냥 즐거웠건만
어찌 알았으랴
헤어지는 슬픔을…
갈림길에서 갈라지는 시냇물
눈물과 눈물로 이별하면서도
넓고 넓은 바다에서 만나자는 기약을 잊지 않는구나
그러나 쓸쓸하였나보다
끝없이 울리는 시냇물의 울음소리
산골짝을 울리는구나

1972년 서울 중랑초등학교 5학년 이정만 쓰다

산동네

두메산골이었다 등잔불도 흐릿한
밤의 적막에 덮인 석이의 고향이었다
토담집은 햇볕에 그을려 시커멓고
텃밭은 몇 년을 묵은 채 놓여 있었다
나뭇가지에 걸린 몇 가닥의 연실은
석이가 아직도 살고 있음을 가르쳐 주었다
길고 긴 오뉴월의 햇볕은 너댓 시간의 빛 때문에
더욱 지루하였다
노루와 산토끼가 경주하고 석이는
삽살개와 토끼 사냥을 간다
까투리 소리가 메아리 되어 내려오면 석이는
고개를 몇 개 넘난다
엊저녁은 보름달이언만 여염동네 하현달 같았다
석이와 친구들은 낮과 밤을 잊은 지 오래다 낮은
해동무 밤은 별 동무와 함께면 족했다
석은 조그만 하늘과 산과 별과 짧다란 달빛만 있으면
아주 밝은 태양처럼
인간의 노래를 가슴으로 들으며
기인 생이라는 이엉을 엮으리

서울장안중학교 3학년 志訓이정만 쓰다

4장. 외

길

길이 있습니다 그 길 위에 여가 있습니다. 길섶 풀들 말까지 모이는 가운데에 서 있습니다. 논두렁 샛길에는 쟁기질하는 아버지의 까만 고무신 한 짝이 아무렇게나 널브러져 있습니다 앞동산 묵은 밭과 시름하는 어머니의 검정 고무신 한 짝이 눈에 들어옵니다 여는 앞만 보고 달음질칩니다 신작로엔 이젠 작은 말소리는 안 들립니다 덜컹대는 우마차와 경운기 소리가 가장자리까지 지배합니다 깊게 패인 주름을 감추려고 수건을 내리 쓴 어머니는 더 이상 묵밭으로 가지 않습니다 이미 만들어진 거대한 덩어리 속으로 빨려갑니다 또 다른 기성품을 위한 품을 파는 기도로 말입니다 지금 이 시각 아버지는 어느 술집에서 낯선 여자와 육자배기를 나누고 있을 것입니다 여는 시간에게 끌려 지향 없는 아스팔트 위에 섭니다 (에이아이디) 차관인가를 받아 반쯤은 뒷주머니에 챙기고 남은 반으로 만든 아스팔트라고 사람들은 수군댈 뿐 누구 하나 말하지 않습니다 길 위의 소리는 오직 바퀴 굴러가는 아우성으로 가득 차있습니다 여는 더 이상 길 위에 설 수 없습니다 차라리 두 발이 없으면 좋으리라고 생각하며 계속 달리기만 합니다 이젠 아무 것도 들을 수도 볼 수도 느낄 수도 없는 여가 개발이라는 쾌속 열차를 타고 내게로 옵니다 나는 비명 한 마디 못하고 빨려 가는 두려움에 꿈을 깹니다

1978년쯤 갑자기 생각난 어린 시절 신작로다

무제|79

그대가 주신
앉은뱅이 밥상 위엔
낡아빠진 잡지가
온통
어지럽혀져 있어요
그날
그대가
떠 두신 물 한 사발은
반쯤 썩어 있어요
그래도 그 내음은
내게 가장 소중한 것이에요
오늘밤
꿈속에서
그대와 만나 얘기하다
목이 마르면
벌꺽벌꺽
단숨에
마시려고
여태 버려뒀지요

덕수상업고등학교 3학년 愚正이정만 쓰다

4장. 외

무제1986

일천 구백 팔십 육년 십일월 초하루에 비가 내린다.
기인 세월에서
앙금처럼 쌓였던 아버지 음성처럼
또는
지나온 계절에서 엎혀진 생명의 꺼풀처럼
나무에 영근 이파리는 처참히 쓰러지는 자유처럼
내려앉았다.
일천 구백 팔십 육년 십일월 초하루에 비가 내린다.
지난 계절 속삭이던 바람
엽록색 푸른 삶 마디 굵어져
이제는 애벌레 집 터울로…
그러다가 한 장 종이처럼 세월이 접어지더니만
이제야 내게 돌아온 아버지는 소용에 닿지 않았다.
그러함으로 서러워 내리는 비는
일천 구백 팔십 육년 십일월을 통째로 삼켜버렸다.
십일월 바람 부는 들에서
아버지 찬밥덩어리는 해진 보자기 속에서
자식의 미래를 준비하였는데
북풍은 너나 할 것 없이 가을을 버리고
아버지 찬밥덩어리도 버리고

도시에서 내달음 쳐서 겨울 곁으로 갔다.
십일월 초하루에 비 오는 까닭은 아버지의
자식에 대한 미련 때문인가.
그러한 아버지 십일월을 보내는 일기에는
자식에 대한 아낌으로 가득하였는데
굵은 자욱으로 접어버리고 넘어가는 오늘
그 안타까움으로
십일월 초하루에는 비가 내리는 것인가.

할 말 많은 시인인양
일천 구백 팔십 육년 십일월 초하루에는 비가 내린다.

광화문 21시 30분경

자본금 10,950,000,000달러의 P회사 한부장이 그 거대 자본을 빠져 나오는 시각은 대체로 21시 30분경. 이순신 장군 동상이 네거리에서 경복궁 쪽으로 위치한다는 사실을 한부장은 인식하지 않는다 그네는 다만 불빛에 현혹되어 가장 밝은 빛을 내는 곳을 찾는다 그곳이 그네를 가둔다 해도 마냥 편할 뿐이다 가장 밝은 곳을 지향하여야 한다는 습관은 이미 낮 시간에 배운 탓이다 하기야 이순신 동상이 네거리에서 왜 그 쪽으로 치우쳐 자리하여야 했는지 어떤 군인이 무인 이순신을 사랑?하고 존경?하여 세웠다는 일화를 알고자 하는 사람도 아는 사람도 지금 없다 하지만 이순신 동상에 밤 비둘기 집을 지으려 애쓰는 모습은 우리에게서 무엇일까? 아침이면 짓다 만 비둘기 집을 시청 표지판을 표식한 사람들에게 허물어지는 일이 반복되고 비둘기는 떠났을까 그러면 서 있는 이순신 장군의 동상이 보고 들은 것은 있는가 있다 역사다 기록되었든 기록되지 않았든지 역사다 그곳 광화문 네거리에서 있었던 지난 시간 찢어진 천막으로 만든 리본의 두께다 우리는 그것을 간과하는 경우가 많다 이순신이 왜 그곳에 있어야 했는지 또는 지금 그곳이 맞는 자리인지 P회사의 한부장은 제 생각에 가장 빛나는 곳을 찾았다 모든 것이 빛을 낸다 바닥은 유리알처럼 투명한 대리석에서 오색 빛을 발하고 벽이며 천정이며 온통 화려한 빛의 도가니다 사람의 가슴에서도 빛이 난다 발가벗은 사람은 제 빛을 못 내지만 차려차려 입은 곳마다 빛이 난다 한부장은 낮에 만났던 숫자만큼 값을 지불해야 하는 것을 알고 있을까? 광화문 네거리에서 21시 30분이 넘어서자 사람들은 두 패거리로 갈라진다 어깨를 축 늘어뜨리고 지하철 구멍을 찾는 패거리와 하늘 한번 쳐다보고 불나방이 되는 패거리다 P회사의 자본금이 10,950,000,000달러지만 한부장이 가지는 자본금은 없다 다만 바치는 만큼 반비례하는 숫자의 원화가 있을 뿐이다 그래도 한부장은 행복하다 그네보다 못한 사람이 훨씬 많은 대한민국이기 때문이다 그것이 한부장이 살아있고 빛을 향하여 돌진하는 이유이기도 하다 이순신이 광화문 네거리에서 동상으로 서 있건 몇백 년 전 인물이건 한부장이 상관할 일이 아니다 한부장은 지금 가장 빛나는 브래지어를 가슴에 둘러 찬 M의 품에서 알 수 없는 광기의 빛을 발한다 그리고 아침에는 햇빛을 모두 가린 한 공간에서 몽상가 된다

비둘기 집을 지을 수 있을까?

회의

아카시아 꽃이 핀다
오월이다

아카시아 꽃이 진다
오월이다

광주에는 광주의 아카시아
꽃 넋이 지고

밤꽃 피고 진다
유월이다
잊어진다
아니 잊는다

그네들 아직 자리를 잡지 못하였는데
......
......
넋이여

오월에는

오월, 소년을 기다린다
아니 소년이 온다
흰 덧버선을 껴 신고 마중 나오는 어머니
한겹 벗어 신기려고 기다리는데
무등산 중심사 풍경소리 내려와 솟구치는 넋 달래고
학운동 성당 종소리 울부짖는 사람 달래는데

그는 한마디 '이거 왜이래'
그래 왜 그랬니
소년이 며칠을 떠나지 못한
혼들과 육신이 범벅이 된 공간에서
먹는 듯 안 먹은 듯 마신 듯 안 마신 듯
같이 있게 하였니
왜 이래 어린 소년 취하여 떠도는 혼을 위로하려 했니

나는 몰랐다 아니 알 수 없었다 잘난 조선일보도 동아일보도
중앙일보도 케이비에스도 엠비시도 글 한줄 말 한마디 없었
다 소년은 폭도였고 반란을 꾀하는 사람들의 한 편이었다 나

---

* 소년이 온다: 한강의 〈소년이 온다〉 소설에서 빌려 옴
* 이거 왜이래: 전두환이가 광주 재판 받으러 가서 기자들에게 딱 한마디 한 말

는 열아홉 살 미성년자로서 선거권도 피선거권도 없는 그냥
밥 축내는 국민이었다 그래서 몰랐다는 것은 죄가 아니라고
아니라고. 아 죄가 아니라고. 소년이 아군의 총에 죽은 것을
열다섯 소년이 아군의 총에 죽은 것을 몰랐으니 죄가 없다 죄
가 없다 아아아 죄가 없다 나보다 어른이요 선배들이 많은데
당연히 죄가 없다 아아 몇 년 후 알았지만 나는 피했다 알리
지 않았고 혹시 말이 튀어나올까봐 사람들을 피했다 20대 피
끓는 젊은이가 무서워서 피했다 소년이 죽은 것을 알면서도
피했다

그래 이거 왜이래
나는 그 때 몰랐고 그들이 만든 덫에 걸린 생쥐에 지나지 않은
모자란 국민이고 잘난 국민을 위하여 영혼을 바쳐야 하는 개
인일 뿐이다
소년과 일면식도 없고 그곳에서 살지도 않았는데 무슨 상관
이랴
이러한 덫을 편한 자유라 여기는 나와 또 나와 또또 나와⋯
합세해서 소년의 죽음은 하나의 사건일 뿐이다
이제 편하니

이거 왜이래
충서는 아닐지라도 최소한의 긍휼은 알아야제
열다섯 소년인데
그리고 우리나라 사람인데

우리나라
우리나라
사람
사람
인데

나
무

4장. 외

4월에는

4월에는
민들레 노랑 꽃 개나리 노랑 꽃
산수유 작은 노랑 꽃잎 모아
노랑 풍선 만들어 하늘에 노랑 리본 달고
기억하자기억하자

열 예닐곱 아이 꿈
영글어 달 수 있는 기둥도 만들자
못 지킨 마음 한으로 남기지 말고
다 같이 지켜 낼 수 있는 기둥을 만들자
어느 누가 망설이나

조팝나무 시리도록 흰 꽃잎
달마중 위한 낮 빛을 담은 배꽃 흰 꽃잎 모아
남아 있는 우리 모두 못 다한 미안함으로 베를 짜서
그 추운 몸 감싸자
그리고 이제
사랑하자사랑하자

다시는,
그와 같이
그렇게 보내지 말자 남은 우리는
치열하게 뼈를 가는 마음으로
같이하자같이하자
티끌마저 같이 하자

'미루'

뱀이 허물을 벗지 않으면 어떨까
뱀 허물과는 다르지
타자의 허물 가둔 허물이니까
그래 허물은 허물이야
벗어야 해
살점과 함께 가자하면 떼 줘야지
그래야 온전한 내 것

자유롭지

뱀이 허물을 벗는 것은
제 덩치 키워가는 것이고
'미투' 허물 벗는 것은
내가
가둠에서 나오는 것이지

상품

마르크스가 갇히지 말라고 하였던 상품에 갇혀 오늘
한 마리 부엉이 되었나

나
무

그래 나도 그러했다 지금도 그러하다 주면 받지 안 주니까 밉
지 그것이 상품의 경계에서 뱀 똬리처럼 있지 실제로 뱀은 없
는데 이미 있는 것이라 자리한 생각은 상품을 벗어나질 못하
지 부엉이 밤을 벗어나지 못하는 것과 비슷할 거야
그렇다고 아파트에서 뛰어내리면 대낮에 부엉이 날개 달 수
있니
자본의 두께에 철저하게 매몰된 우리 상품 몇을 완벽하게 거
절할 수 있기에는 일상이 어렵지 공자의 늙은 제자 자로가 소
원이던 마차였겠지

선택이라는 것 그래 그 시각에는 최상의 선택인데 지나면 어
리석은 경우 많지 그런데 그마저도 인정하지 않은 경우의 사
람 훨 많은 것이 일상이기도 하지 그대 인정한 것은 고마우이
그러나 참을 줄 알고 치열하게 시작을 하는 것이 더 고마운
일인데
부디 또 다른 한낮 부엉이가 없기를

故 노회찬을 기리다

4장. 외

무제 4

이번 겨울에는
빈 들에서 겨울철새 떠났다.
들은 사람이 만든 몫들이
새들 자리를 차지하고 있기 때문이다.
FTA
쌀
쇠고기
AI
아아
헤아릴 수 없는 몫들이 나누어지지 않은 채
쌓이고만 있기 때문이다.
새들이 없는 들은
눈도 쌓이지 않는다.

올 겨울은 유난히 덥다.

2009년 그해일게다

돌무덤

하나 둘 이렇게 나누지 마라
어느 곳 충청도인지 강원도인지
성골인지 진골인지
나누고
나누고
나누고
……
사이언스로만 남을 걸
코스모스에서는 지구가 먼지라는데
먼저 생겼다고
조금 더 가진 통통한 몸매라고
여기에서는 소용이 닿지 않는단다
스스로 갖지 못한 다른 힘으로 이루어야 하노니
제 색 찾기에 눈 둘 곳 없고
제 품에 땅 가두기에 정신 잃고
몽매에 신 찾아 헤매어도
온새미로는 조금 다를 뿐 같은 것
돌무덤이다
두만강 물 한 모금 기러기 똥 싸면
모슬포 바람 찾아와 파란 꽃 피우는

공니 이남우 쓰다

4장. 외

나
무

傳 - 2010년 자유

자유라는 말에 '신'자를 붙이고 '주의'를 붙이는 나부랭이들이
활개 치는 세상.
과연 있는가

돈 속에서 눈 못 뜨고
권력에서 고개 들지 못하는 그대에게
자유라는 말을 쓸 수 있겠는가

자유는 죽었다 시에서도
이카루스의 날개에서마저도

강물을 가두고
물고기는 몰아내고
소금쟁이도 살 곳이 없구나

입 있는 자 모두가 나불대는 자유는 이미 자유가 아니고
'신'노예사회 되어버린 지금
아무것도 할 수 없는 절대구속 - 아는 이 별로 없지만 - 이 현
실이라
글로벌이라는 미명으로 모든 개인을 묶는 노예사회여

이제는 멍청한 링컨을 기다려야 하는
내가 어리석다

주검이 되어 버린 자유여
묻힐 곳조차 보이지 않는 처량함에 갇힌 지구여

자유여, 내 그대를 위한 조사弔辭를 말할 수 없음을 이해하
시게

싸락눈

도시 변두리 싸락눈 내리면
여든 노인 세월만큼이나
깊은 천식에 사로잡히고
긴 한발에 갈라진 논바닥 같은 몸은 가라앉는다

천식 바이러스 같은 싸락눈이 도시의 골목에서
데굴데굴 구르면
다른 하늘 아래에서 바라보는 이순耳順 자식은
어머니 천식을 아랑곳하지 않고
하늘 한번 쳐다보지 못하는 것이 세상 사는 일인가

가지 많아 힘겹게 지탱하던 나무는
한 잎 이파리까지 모다 나누어주고
헐벗은 채로 싸락눈에 갇히니
춘삼월 봄이, 봄이 아니다

채 풀어지지 못한 얼음알갱이가 싸락눈이 된다 하는가
어머니 펴지 못한 몸이
거리 싸락눈 되어 아무렇게나 구르는데
자식을 이미 키운 자식은 그러함을 모르는 구나

흔적

별빛이 흔적을 지워준다는 전설이 있는지는 모르지만 다리가 불편하여 이동이 여의치 않은 노인은 화분을 가꾸기 시작했다 열세 평 아파트 베란다는 다육이 고무나무 같은 쉬운 이름을 제외하면 그네도 나도 이름도 모르는 꽃과 나무가 들어섰다 십여 해 앉은뱅이 되어 가꾼 것들, 그네 가신 후 대책을 세우지 못하는 자식은 지인에게 떠맡기다시피 인심 쓰고.

오늘

새벽

별빛이

그 집

옥상을 비추어

보고 싶음 전하려나

흔적을 지우는

마른 바람

보내려나

부고에 부쳐

치악산 자락 조용한 마을 이장 목소리 들린다
'알려드립니다 마을 ○호 ㄱ씨가 돌아가셨습니다
빈소는 ○병원 장례식장 ○호 발인은 ○일 ○시입니다'
알아듣지 못한 이는 뭐여? 묻고

옆집 아흔세 살 어른 부고다
낮은 담장 맞대고 있는 집이다
부인이 암으로 가신 뒤 홀로 지낸 해 몇 해란다
다행이 자식 가까이 있어 당번 정해 오가는데
며칠 안 보이더니 이장 마이크 들 일 만든다

가슴에 별 꽂히면 달은 가만히 있지를 못하고
별은 기다리고 싶지만.
작은 손바닥에 비해 더 쪼그라진 가슴에
꽃잎 하나 들면 하늘 한번 바라보는 아흔 넘은 어머니
그대 그것이 목숨 부지하고 있는 것이라오
잘 견뎌서 눈망울이 맑아진다 고맙습니다

지친 노구 안고
그 정도 하셨으면
나쁘지 않다고
욕심이지. 큰
그래서는 안되지
못 채운 욕심에 붙이면.
쉽지는 않겠지요
편하기에는
나도 너도 그리고 그것도.

나
무

오늘 2017년 12월 4일
전화기 너머 의사는
어머니에게서 암세포가 있다고 말한다
구십을 살았으니 그 정도야
이제는 보내드릴 준비를 해야 하는가보다
목요일에 자세히 들어보아야 하는데
여러 가지 밀려온다

의사로부터 암이란다
그것도 4기 중반
이것도 힘겨운데
전이가 있단다
그래
답은 없다
생각해보자

4장. 외

노인네
며칠 전 미용실 가고 싶단다
머리 엉클어져 밉다고
겨울날이라 추우니 나중에 가자고 하고 미룬다
나이 구십
암세포 퍼진 노인네
나쁘게 보이는 모습 싫어서
아직은 나쁘지 않은 자식이 같이 가자 할 텐데
조금 날이 풀리니 지팡이 자식 삼아
머리 하고 오셨다.
그 나이에
훌륭하다 하기엔
자식은…

그라지 어머니가 먼저 가는 것이 좋은 것이지
이제는 그것을 알아야제
그래야 어머니도 편할 것
죽는 것
남는 것
그것이 생명이제

일상이란 이런 것
텔레비전 아이들에게 말을 건다.
아, 저 아이 낙지 잡고 저 사람 낙지요리 하고

아들에게는 할 말이 없다
저 텔레비전이 오직 같이하는 친구이니까
아, 쟤가 고기도 잘 잡고 일도 잘하고
쟤 누구더라
그래도 옆에 있는 자식의 관심이 필요한가보다
어머니는 일흔한 살이고
나는 쉰여덟이고
그 공간 차이 쉽지 않다
화도 나고
그래 나쁘지 않으면 나쁜 것 아니다
좋은 것 구하지 말자
가려고 나서니 커피 한잔 안 하고 가느냐 한다
그 시간이 필요한가
그래 그럴 거야
바보바보바보
그것도 모르니
가만히 불 켜진 보온겸용전기밥솥 열어보고 나오는
바보

오늘 어머니는 좋은 꿈으로 가시기를…

무제20

이하고 팔은 열이지요
구하고 하나도 열이구요
한 세월 아홉하고 하나는 천지였고요
그래서 빈 공간이라 생각했지요
아니에요 공간이 없어요
이미 그대 채움이니까
어느 가을날 그대는
나무 풀 꽃을 보면서
너희는 지금 가지만 봄에 또 오지
말했지요
그네들이 꼭 같은 것은 아닐 거예요
이미 봄이거든요
그대는 봄이 마흔 여덟이거든요

봄을 봄이기를
바라는
그대는
내게

그냥
아픔
기쁨
사랑
입니다

나
무

점덕은 윤가집 딸이다
날 때 얼굴에 점이 있어서 인지 모르지만
점점에 큰 덕이다 점이 컸나보다
28년 동짓달에 와서
91년을 건디다? 2020년 정월에 가다
봄을 기다리는 그 눈이 선한데
봄이 오기 전에
마흔 여덟 봄을 남기고
202002062100000에
무연을 찾으시다

4장. 외

무릇

무릇, 아버지는 나를 끄나풀로 여기고
어머니는 빗자루로 생각했다
몰랐다 생각하지도 못 했다

무릇, 내 아버지는 자식 생각뿐이다
먹여 살릴
새벽 네 시면 일어나
돈 벌러 간다 어머니는 밥 한술 만들고
어머니는 누굴 위함일까

어머니는 몇 해 지난 뒤 동생을 낳았다

아침 열 살 나는 소죽을 쑨다
아무생각 없다
어느 눈이 펑펑 눈물처럼 내린 날
싸리비 힘겹게 눈을 쓸고 있는 나는

무릇, 내 어머니는 자식뿐이다
아버지 죽은 며칠 후 상추 따는 일에
하루를 건네고 자식을 안는다
힘겹다 알지는 못하지만 보는 나는

나는 그만하자 한다
그만하지 못한다
미련함인가
그때, 동생들이 보인다

무릇, 나는 무엇인가
왜인가 지금인가
선가 눈가 감은 걸까 뜬 걸까
있는가 과연, 무릇 나는

큰곰자리

곰 한 마리 우리 집을 보고 있다
일곱 개 눈과 수많은 촉눈으로
기와지붕 이끼와 좁다란
잔디밭과 사이 돌 징검다리까지
낮 빛에 피어 아직 잠 못 이루는 바람꽃 흰 꽃잎과
연산홍과 사과 꽃 몇 개까지 자세히 보고 있다
꽃이 있는 꽃인 언제나 꽃이어야 할

곰 한 마리가 1288미터 높이 시루봉 바람 눈과
학곡저수지 가물치 눈을 데블고
나를 보고 있다 처참히 찌든 병든 그리고 아무것도 못 하는
이제까지 그렇게 살아온

음력 삼월 그믐 무렵 달이 없어서 곰은 더욱 신난다
눈망울 초롱초롱하다 주위의 다른 눈들보다 유난히
속속들이 잘 보고 있다 봄이 가고 있는 모습과
나의 치부와 더러움과 욕망을 보고 있다

못 이룬 모든 것은 부모와 사회 구조 탓

망해가는 공장을 붙들고 소주 마시는 것은 재수 탓 운이

없었던 거야

철학으로 평생 못 산 것은 목구멍 포도청 탓

들판의 여린 풀처럼 바람에 몸을 맡기고

김수영의 스스로 눕는 것을 생각하지도 못한 것 그렇게 돼

먹은 거야

조금 뜻을 알고 아주 작은 소리 귀 열려도 관념이라는

슬러지를 버리지 못하는 것 무의식이고 페르소나라고

그렇게 생겼고 이렇게 돼먹은 거야

아 아   아 아

곰은 하늘에서 진짜 보고 있을까

낮달

1

동짓달 초이레 찬바람 오후를 즐기고
서울 문정동 로데오거리 빌딩숲 조각난 하늘
낮달이 구름 쓸어안고 있다
로데오거리는 한껏 치장한 여인 몇과
50~90% 할인 테프 두른 옷들이 주인을 기다리고 있다
달은 특별시가 이래서 특별하다고 내려다볼까
낮달은 보는 이 없을 텐데 그냥 있는 게지
햇볕 조금씩 골목을 벗어날 때
달은 조금씩 빛을 발하고
그러다가 그러다가 낮의 기억 모다 잊는다

낮달은 아무도 쳐다보지 않을까
소용에 닿지 않을까
지금 밤하늘 장악하는 저 달 어디서 오는 걸까

밤하늘 달은 푸른빛 낮 하늘과 같이 간다
별과 어깨동무하고 있다
오늘 찬 낮달이 보름달 가는 길목에
보이는 얼굴 있다

그래, 오는 길 밝히려고 그날 가신 얼굴이 있다
푸른 맘 가진 얼굴 그 있다
동짓달 보름으로 가는 초이레
낮달 그렇게 있다
구름 안고 로데오거리 마네킹 벗은 모습 보며
그렇게 있다 오랜 세월 뒤 묵은 하늘 아버지 있다

나
무

2

낮달이 있었네 그때에도
1980년 오월 지나고 유월 초입
서울특별시 서대문구 연희동 골목길
빨간 장미꽃 흐드러지게 피어 있는 정원을 가진
2층 양옥집에서 베토벤 달빛 소나타 들리던 날
대한민국 스무 살 청년은 금성출판사 어린이 그림책 가득지고
그 골목 걸어다네
어린아이 옷 걸린 집 기웃대며 수줍어서 초인종 못 눌러다네
담장 밖 삐죽이 나온 장미꽃 끝에서 낮달이 웃어다네
그런데
2층 양옥집 피아노 치던 소녀는 지금 무얼 할까
소녀였을까
주인 여자였을까

3

그해, 옛 유배의 땅 강화 하늘 낮달 있어다네
동짓달 찬바람 하늘 맴돌고
둥지 둥진 이미 자식 가진 사내는 낮달을 볼 염두 못 내고
땅만 물끄러미 바라보고 있네
어둠이 승냥이 떼처럼 몰려오면 비로소 달빛 땅을 비추고
사내는 힘 잃은 늑대 되어 거리 헤매며 세상 원망 한다네
국가부도 맞추어 부도난 사내의 삶을 한하고 있네
어린 딸아이는 아버지를 그릴까
대한민국은 매서운 추위지만 덜 춥다고 찾아온 기러기 하늘
날고

4

문정동 로데오거리는 1990년대 초 신세대가 만든 문화거리
로데오는 1800년대 후반기 미국에서 야생말 길들이는 것
그래야 돈이 되겠지
그런데 2018년 동짓달 초이레 낮달은
썰렁하고 삭막한 문정동 로데오거리를 비추고 있다
달의 생각은 무엇일까 밤으로 가면 영화를 볼 수 있다는 것일까
지금 이 시각, 아무도 봐주지 않은 낮달이지만

그렇게 있다 나처럼 배회하듯 꿈꾸듯
(낮달의 도시는 그냥 있는 걸까)

무제 5

들에 새 한 마리 있습니다
새는 내 전생입니다
찰나 마주보고 등을 보입니다
빛에 어른거리는 먹이를 잡으려고 안간힘입니다
그와 나는 다르지요
나는 어머니 숙주에 기생하여 열 달을,
그리고 숙주의 주검까지 매달려 있으니

나
무

중랑천 이야기

북에서 불어오는 바람이
오랜만에 맛보는 신선함으로 돌아오는 것은
아버지
도시락 가방 냄새다

어머니는 철모르는 자식의 겨울 내의를 빨고
나는 눈 덮인 중랑천 개울가를
바둑이와 즐겁다

돼지우리에서 들리는 합창은
누구 하나 싫어하지 않는 화음이었는데
오늘 부는 바람은
북에서 불어오지만
아버지 술 취한 음성이 들리지 않는다

누군가에 의해
모두 떠나고
그곳엔 큰 제방처럼 장벽이 놓이고
서른 살 옷섶에 닦는 눈물이
강물인양 서럽다

아차산 바라보며
그 건너엔 딴 세상 있으리라고
종종걸음 옮기어 강나루에 다다르면
건널 수 없는 너 한강수야
등 뒤에서 들리는 뻐꾸기 울음은 가을이 가는 것을
알리는지 슬퍼하는지
옆 산 망우리 공동묘지는 차라리
기쁜 시인의 작품일 줄은

아무도 불편해하지 않는
판잣집을 철거하는 시청 표지판의
차는 큰 아픔이다
아버지는 술 한 병 꿰어 차고 비 오는 중랑천을 바라보고만
있고
나는 바둑이와 숨쉬는 버릇을 잃어가고 있다

서울 모든 과부는 그곳에 모였는가보다
청상에서 늙은이까지 수두룩하다
어느 놈팽이 하나 꿰어차지 못하였나
술 소리에도 동심은 지금만큼 멍들지 않았다

4장. 외

그들에게는 중랑천이 만들어준 넓다란 들이 있었기에
뜀박질, 쌈박질,
숨박꼭질, 불놀이
다방구…
정녕 그곳은 서울의 다른 동네다
사람 사는 슬픔이 모여 있고
기쁨도 양념처럼 섞이고
그러나 부자와 부자 되는 법만큼은 그곳에 없나보다
저녁놀 노래 부르는 어린아이 모습에서
힘겨운 주름살 짊어진 우리 아버지는
오늘밤도 앓지 않고 쉴 수 있다
야학의 젊은이들 사랑은
판잣집 문풍지 되어 막아준다

철도 기관사 하는 아버지를 둔 동창은
유난히 동그란 눈을 가진 누나와 함께 살았다
-나중에 안 일이지만 그들은 사생아였다
윗집 국민학교 동창생 영숙이는
열여덟 살 나이에 딸아이를 업고
조용히 미소만 짓는다

막걸리 육자배기에
저절로 흥이 난 바둑이는
중랑천 개울 공간이 자유로와 집으로 돌아오지 않았다
아아
내 다니던 학교는 장마철 물이 불어
건널 수 없어 발만 동동 구르고
해진 소매 끝에 묻은 중랑천 뚝방 냄새는
모두 다의 향기로운 가락으로 들어온다

나
무

낙엽

열 살, 그 해 가을
바람마저 떠난 고요에
몸부림치며 길 찾는
그대에게서
무거운 가슴
가슴으로
상념의 회오리
알 수 없는 세계로
긴 여행 떠났지요
마흔 넘어
좁혀진 머리 길 안으로
갈비秋雨처럼 갈바람秋風처럼 다가온
그대
비곗덩어리를 모다 떨쳐내어
가벼워진 육신을
실바람에 맡겨
하늘과 땅 사이에
꽃상여 만들어 바치다가
그리움도 내주고
아래로

아래로 향하는
낙엽이여

나
무

4장. 외

추수 끝난 들녘

말을 할 수 없어요
바람은
할 수 있는 말을
모다 앗아 는데
비인
들녘은
내 지금 서 있는 현실처럼
다가온다
흐르는 물을 보았지만
물고기가 사는지…
예전의
순한 흐름을 찾을 수 없어요
오늘 돌아온 바람 몇 자락은
살아온 흔적 떨어진
낙엽 쌓인 산모롱이를 지나
내 탯줄 묻혀 있는
잊어버리고 사는 땅을 지나
십일월 하현달 아래
마른 풀처럼 얽인
오늘을 세차게 흔들지만

이미 아버지는
소용에 닿지 않아요

나
무

4장. 외

들

아버지는 그 해 추수 끝난
빈 들을 팔아서 가진
노래를
노래를
노래를
어느 과부댁에서 마음껏 부르시나

한여름 꽉 차 있어도 마음 둘 곳 없고
가을엔 가진 것 없어 눈 둘 곳 없으니
빈 겨울에는
차라리 눈이라도 쌓이면 좋으련만

아버지는 오늘
아직 땀 냄새 가시지 않은 들을 팔아
술을 사고
슬픈 유희를 사고
지친 어깨는 인생을 판다

아직 어린 자식 있어
찬바람만 지키는 들이 안타까울 뿐.
이제야 겨울은 동구 밖에서 서성이는데

작란作亂

시소詩所라 쓰고 seesaw라 쓴다
남우南雨라 쓰고 나무라 읽는다

어른이라 칭하고 꼰대라 생각한다
사회社會라서 와서 사회私回라 한다

잘 다녀왔습니다
이제는 가렵니다

뜻을 존중합니다
몸은 변해도 마음은 이 시각에 멈춰 있을 겁니다

이것이 말言이다

나
무

시인되기

친구여, 시 쓴다는 것 잃어버린 말 찾아 여행 중이
지 찾는 여행중인 게지 원형이든 생경함이든 익숙
한 곳이라 하릴없이 걷다가 놓치고 너무 멀어 찾지 못하는 것
도 있노니(실어증을 이겨내야지)

설거지한다 모아 두었던 자식을 떠나보낸다 못자리 만든다
여자 남자를 찾고 사랑하고 남자 아이를 키우고 아이는 다른
인연으로 무한 수열 속으로 들어가고

시 쓰는 것 말을 가두는 것이다 어떤 빛도 생물도 없는 곳
에 가두어두고 탈출을 기도하게 하는 것이다 탈출의 자유도
자유롭지 않은 것이다

시 쓰는 사람 반성할 줄 알아야 한다 나는 한 번도 시를 쓰
지 못했다 박정희 때 나서 자라며 배운 못된 사상에 처음부
터 녹이 슨 채 산화는 점점 되어져도 욕 한번 못하고 심지어는
전두환도 욕을 못했으니 게다가 광주에서 그 일을 알았으면서
도 근사한 맥주 한 캔과 새마을호 열차에서 눈물만 흘리고

세상을 보지 못하고 세상에 자신이 없어서 점점 녹이 슬고
피해자처럼 한탄 한다

뿌리 없는 말뚝을 말뚝이라 보지도 생각하려고도 않고 지
탱하고 있으니 좋아라 하고 뽑지 못하는 사상에 갇힌 사람은
시를 쓸 수 없다 암암히 말뚝에서 뿌리내리기를 기적을 바라

고 기대어서 눈치를 보다가 지금 세월이다 시쓰기 다시 해라
시인은 자신의 얼굴을 그릴 줄 알아야 한다 다른 얼굴만 그리
다가 끝이면 시를 시라 할 수 없을 것이다 눈코입을 그리는 얼
굴이어서는 안 된다 가슴의 실핏줄까지 보이고 살점 하나 붙어
있지 않은 뼈의 흰 빛이 흑 빛이 되고 피의 모든 흐름이 드러나
고 오장육부가 있는 얼굴이어야 비로소 시를 쓴다 하겠다

　시 하나에 하나의 무덤을 만들고 합당한 조사를 할 줄 알
아야 한다 필요 없으면 그것까지 장문이 필요하면 장문의 조
사를 할 줄 아는 세월도 필요하다 이미 나온 새끼는 새끼가
아닌 성충이며 그는 곧 죽음을 맞아야 한다 사람이 태어나는
것을 선택하지 못하듯이 시라는 것도 그러하다 시에게 죽을
수 있는 시간을 스스로 주어라 사람이 죽음을 줄 수 있으면
좋은 인연 아닐까 친구여

　시여